우물에 빠진 은하수 별들

여태동 시집

우물에 빠진 은하수 별들

달아실시선
72

달아실

보조 용언과 합성 명사의 띄어쓰기 등 본문의 맞춤법은 시인의 의도에 따른 것임.

시인의 말

우두커니 나를 본다

시詩랍시고 끄적거리기를 30년여
첫 시집을 내고
우두커니 서서 나를 본다

가쁜 숨 헐떡거리며 희덕수그레하게
서 있는 너는 누구냐?

지나 온 세월 덧없고
살아갈 세월 까마득하여라

학가산 바라다보이는
고향 막지고개에 초가삼간 지어
구들 놓고 군불 지피며 살며

바지게에 활자 가득 지고
질밤재와 달밤재
오르내리며 시밭詩田 일굴 날
기다린다

2023년 가을볕 좋은 날
고양시 꽃우물花井 서재에서

여태동(바람길) 쓰다

차례

우물에 빠진 은하수 별들

2부

5부

1부

폐지와 할머니

지하철 3호선 안국역
종로경찰서 올라오는
출입구서 매일
감사 인사를 받는다
"고맙습니다"

이런 인사를 받는다는 건
보통 일 아니지
매일 공짜로 공덕의 탑
쌓아 올리는 것이니

아마 1년도 넘었을 것
지하철에 무가지 신문이 생긴 후
이런 글귀가 나붙었다
"선반에 신문을 올려놓지 마시고
내릴 때 꼭 가지고 내리세요"

처음에는 반갑게 공짜로
신문 받아 재미있게 읽고는

이내 선반에 올려놓아
쓰레기 취급받았다
법규 어겨 통쾌함 얻는
사디스트도 늘어났다

선반 문구에 위협당해
신문 손에 들고 나오다
허리 굽은 할머니를 만났다
"젊은이, 버릴 거면 내게 주슈"
매일 그곳에 박스 갖다 놓고
폐신문을 모으던 할머니였다

감사 인사 받는 재미로
할머니에게 갖다 드렸다
어느 날 물어보았다
"이거 1Kg에 얼마예요?"
"아~ 예, 180원 받으면 잘 받아요"
내가 주는 신문은 많아야 100g
염치없는 시은이었다

어떤 날은 할머니 모습이 보이지 않았다
누군가 민원을 넣었단다
"지하철 한 곳에서 폐지 모아 돈 번다"고
역무원이 왔다갔다 단속을 하고 있었다

눈치 보며 폐지 모으는
할머니의 수입은 예전보다
반 이하로 떨어졌고 구부러진 허리도
더 기역자가 되어갔다

오늘은 작심하고 선반 위 놓인
세 장의 신문을 들고 출입구를 나오며
할머니를 찾아 신문을 건넸다
"너무 너무 고맙습니다"

할머니 감사인사에
나는 억겁의 죄를
폐지 몇 그램으로 사면받은 사람이 되어

씩씩하게 회사를 향해 뚜벅뚜벅 걸어갔다

내 공간

30년여 직장생활하고 있는 곳
서울 사대문 가운데 광화문 안 귀퉁이
한 평 남짓 책상과 의자
난도 두어 개 차 도구 한 세트
이만하면 일할 만하지

매일 비슷하게 마을버스 타고
지하철을 타지
가끔은 승용차로
회사에 도착해 출근 카드 찍고
지방 출장도 가고
기사 쓰고 신문 만들고를
30년여를 반복했다
밥벌이의 지겨움이 도저
이제는 쉬고 싶다

하지만 어쩌랴
처자식 먹여 살리는 일이거늘

지금까지 해왔고
지금도 가장 잘할 수 있는 일

얼마나 할지 몰랐는데…
이제 터널의 끝이 보인다

내 공간에 있을 때 최선 다하고
인연 따라 또 인연 맺어야 할
내 자리 너저분하게 흩어져 있지만
나름대로 규칙이 있고
내가 잘 아는 자리이기에
세상에서 가장 소중하다

출근길 단상

회사 사표 내버릴까
에스컬레이터를 오르다
월급쟁이 설움
출근길부터 피로가 쌓인다

지하철 카드 대자
마스크를 써주세요
친절한 금자 씨 안내 소리도 지겹다
계단 오르며 하는 생각
회사 사표 내고 뭐 하지

그때 뒤에서 악! 하고
울리는 외마디 비명

깜짝 놀라 뒤돌아보니
구걸하는 할머니
지팡이 짚고 계단 오르던
시각장애인에게 발등 밟혀 지른
외마디였다

다시 계단 오르며
회사 열심히 다녀야지
굳게 마음 고쳐먹었다

귀뚜라미가 죽었다

찬바람이 창문을 연신 두드리더니
안방 베란다에서 왕성하게 울던
귀뚜라미가 죽었다

죽은 지 며칠 후 아내가
베란다에 재활용 쓰레기를 버리다가
어머 귀뚜라미가 죽었네
해서 알았다

쓰레받이에 앙상하게 죽은
앙증스럽도록 자그마한 귀뚜라미
막내가 처음 보는지
시끄럽게 울던 게 자그마하네
하면서 시크하게 죽음을 목도한다

코로나로 격리돼 있었을 때
내 방 앞에서 시끄러울 만큼 울었지만
해거름이면 귀뚤귀뚤 하루가 갔다고
애달픈 내 마음처럼 울어주던

귀뚜라미가 죽으니
내 몸 안 코로나도 떠나고
여름 지나 다가오던 가을도 멈춘 듯
안방과 베란다 거실까지
적막강산이다

왠지 모를 슬픔이 밀려와
밤 지나 새벽까지 이어폰을 끼고
전인권의 〈운명-들꽃 한 송이〉를
듣고 또 듣다가 잠이 든다

가시지 않은 잔기침
쓸쓸히 적멸로 다가오는
가을의 물결 자유로 저녁노을 너머로
처연히 사라지는 것 보며
유년 시절 어머니와 함께 떠났던
소풍의 추억 물끄러미 바라보곤 한다

법정 소년과 이해인 소녀

이해인 수녀님이 법정 스님을 만난
기사를 쓰다가
자판을 잘못 눌러
'이해인 소녀'라고 썼다

『민들레의 영토』라는 시집을 냈을 때
『영혼의 모음』과 『무소유』로 알려진
법정 스님 글에 매료돼
수녀님이 책 한 권 보냈는데
답장을 해준 이야기였다

'이해인 소녀'라고
잘못 친 자판에 법정 스님을
'법정 소년'으로 쳐보았다

〈어린왕자에게 보내는 편지〉에
감명 받은 이해인 수녀가
소녀가 되어 소년이 된
법정 스님과 도솔천에서

현품대조*하며 재회하는 망상을 해본다

* 법정 스님은 '만남'의 표현을 '현품대조(現品對照)'라고 표현했다.

다짐

신문쟁이로 30년여 살아오면서
약자를 쓰지 않겠다고 다짐했다
‘에선’ ‘선뵈’
가뜩이나 좁은 지면이
어깨를 짓눌러놓은 것 같아서다

‘에서는’ ‘선보여’로 고쳐놓으니
조금은 죄책감에서 벗어난 듯
마음이 놓였다

객기 부리던 젊은 시절에는
절대 술잔을 꺾어 먹지 않았다
이왕 술 취하려 먹는 술
온갖 번뇌 한입에 툴툴
털어 넣으려 했다

그러다 저승 간 친구도 생겼지만
가끔은 정신 못 차리고
부랄친구 만나면 밤새도록

말술 들이키기도 했다
그러면 세상이 한잔 술에 다 녹아
내 입에 들어오는 듯
축 늘어진 마음이 편해졌다

그런 다음 날 아침에는 꼭
변기통 잡고 후회하고 후회하면서
붕어처럼 망각해버린
다짐에 대한 대가를 치른다

신문쟁이로 30여 년 살아오며
약자를 쓰지 않겠다고 다짐하지만
부랄친구 만나면
'이거 참 어떻게 하지…' 하면서
굳센 다짐 망각한 붕어가 되려 한다

봄 도다리를 위한 진혼곡

푸른 바다의 추억은 잊은 지 오래
사각의 물길은 링보다 무섭다
링에서야 마주보는 상대라도 있었지만
이곳은 오직 죽을 때를 기다리는 시간뿐
냉정冷情한 추위만 가득하다

덩치 큰 감성돔 눈망울 큰 우럭
외짝 눈 광어도 같이 살지만
더 이상 경쟁하지 않는다
화장장 화구에 줄 서는 게 의미 없는 것처럼

수문 열리고 그물 드리운 순간
뼈 바스라지는 꿈을 꾼다
테이블 위에서 잡담하는 사람들
게걸스런 웃음 뜨거운 목젖
두려움 되어 싸늘하게 퍼진다
욕망 가득한 눈망울들
포르말린처럼 표독스럽다

벌써 사라져가는 의식
붙잡으려 애써보지만
조장鳥葬으로 흩어지는 육신의 허망함
알룽창포* 빙하처럼 흐리고 차다

윤회의 수레바퀴 굴려
다시 태어난다면 반드시
번득이는 주방장 회칼로 태어나
참혹함 단칼에 베어버리고
욕망 가득한 자들 무릎 꿇게 하리라
탕국 가르며 흩어지는 애통함
붉은 물결로 흐르기 전에…

* 알룽창포 : 히말라야 티베트 라싸 지역의 해발 4,000m에서 흐르는 강.

서빈백사*

내 이름은 홍조류
죽어서 바닷가로
밀려와 하얀 백사장
이뤘지

살아서 나누던
붉디붉은 정열의 사랑

끝내 이루지 못해
죽어서 육지까지
올라와 백골 드러냈구나

내 님 한 번만이라도
여기 와 나를 한번
즈려밟아주었으면…

나의 흰 뼈 으스러지도록
움켜잡아주었으면…

넓은 등 내게 맡기고
드러누워 별이 된
내 이름 한번 불러주었으면…

제주바다 동쪽 섬 우도
서쪽 종달산 바라보며
홍조류는 오늘도
바닷속 생을 버리고
죽음이 손짓하는
육지로 육지로 향한다

* 서빈백사 : 제주도 우도 북서쪽 해변.

숨비소리

은모래 반짝이는 북제주 세화해변
에메랄드빛 수놓은 바다
주황부표 안은 잠녀들 너울거린다

구경하는 이들은
아름다운 풍경이라 감탄하지만
물질하는 그들에게는
목숨 건 삶의 현장

바다는 늘 사납고 파도는 거칠다

납덩이 허리에 차고
들숨 한 번 크게 들이키고
오리발 힘차게 휘저으며
차가운 물속으로 인생을 가라앉힌다
두리번 두리번 삶을 더듬는다

보통은 10미터 깊게는 15미터
한 번 들어가면

죽지 않을 만큼 날숨을 참아야 한다
숨조차 쉬지 못하는 고통
그들에게는 일상이다

참고 또 참으며 그물망에 꿈을 담아
물 밖으로 뛰쳐 오르며 내뱉는 날숨
저승의 돈을 벌어 이승의 자식들
먹여 살린다는 바람 같은 소리
죽을 뻔했다가 살았다는
안도의 휘파람 같은 소리

잠녀들은 호이 하멍 숨비소리를 하영
오무락하게 물드레 들어가곡 하지요

치열한 삶의 현장에서 세상에 들리는
처절하고도 아름다운 소리
날카롭게 패인 현무암 틈새
곱게 핀 유채꽃 사이로 들려온다

속 쓰린 아침

밥벌이가 지겨운 오후 반차를 내고
봉팔이 형님 찾아와 청진동으로 나서다
박인환 시인 즐겨 놀던 열차집 지나
해장국집 늘어선 골목으로 쓱 들어가
막걸리에 동태전 시켜놓고
세상살이 버거움을 질겅질겅 씹었다

막걸리 한 되 동이 날 무렵
봉팔이 형님 소변보러 자리 비우자
금남 형님 보고파 휴대폰을 눌렀다
반가운 마음이 전화기 타고 흘러넘치더니
내가 빠질 순 없다며
글 쓰던 작업 멈추고 한달음에 달려오겠단다

다시 막걸리 한 되 동이 나고
이제 정신이 어질어질하다
(이즈음 되면 마음 구석구석 이야기가
스멀스멀 기어나온다)
서로에 대한 애정 확인할 무렵

봉팔이 형님 내게 큰 숙제를 준다
야 송민 애비야 너 일주일에 시 2편씩 써놔라
지금 재까리 있을 때 부지런히 써놔야 한다

의기투합하면서 막걸릿잔
빠르게 돌아간다
그때쯤 금남 형님이 당도한다
캬 요것들 봐라 나 빼놓고 너희들끼리
술 처먹으니 맛나냐
정신이 혼미해지면서 늦발동 걸린 금남 형님
소같이 술 드신다

술인지 물인지도 모르는
막걸리가 마구마구 목젖을 타고 흐르고
형님들 목소리가 아득해진다
구겨진 윗도리에서 지갑이 나오고
이제는 집에 있는 마누라 잔소리가 두려워진다

흔들리는 택시에서도 흥얼거리던 금남 형님

택시비 3만 원 손에 꼭 쥐어주며
잘 가라 외마디 지르고 비틀비틀
불광동 산길 잘도 오르신다
흔들리는 택시 눈꺼풀 더 무겁게 하고
아저씨 화정 3단지 307동이요 하고
스르륵 잠이 든다

손님 다왔어요 하는 소리에
퍼뜩 잠이 깨어 손에 든 3만 원 주고
잔돈 7천 원 지갑에 넣는다
의기양양 도착한 집에는 도끼눈 뜬
마눌님과 막내딸 집중포탄 떨어진다
어이구, 어이구, 며칠 술 안 먹는다 했더니
아주 떡이 되었구만
위기 피하기 위해 비상금 8만 원 마누라 주고
잔돈 만 삼천 원 막내딸 털어 주고
겨우 안방 한구석자리 허락받는다

허기가 차오르고 오줌 마려운 아침

푸시시 눈을 뜨고 시계를 보니 6시 30분
아직 잠자는 마누라 향해 소리친다
여보, 큰딸 학교 보낼 시간이야
뭔가 큰일 한 듯 다시 곯아 떨어져
한숨 자고 일어나니 출근할 시간이다

그래도 남편이라고 김치국밥 끓여
대령하는 마누라가 고마워
아파트 문 열고 나가며 골백번 했던
말을 뇌까린다
내가 다시 술을 먹으면 성을 바꾼다
싸늘한 마누라의 답변이 아파트 벽을 타고 흐른다
한 번만 더 그 말 하면 입을 꿰매버린다

흔들리는 지하철 안에서 쓰린 뱃속은
아침에 먹은 김치국밥에 달아오르는
술기운과 어울려 한바탕 춤판을 벌인다
지겨운 밥벌이로 다람쥐 쳇바퀴 돌듯
사무실 화장실에서 과민성대장 증세로

설사를 하며 이 몸 살아 있음에
새삼스레 감사의 기도를 올린다

마춤뻡 파게

머시 문재등가요
내용만 알믄 돼지
이러튼 저러튼 서로
통하믄 돼는 거 아니등가요

한낫도 안 틀린 마춤뻡 써야
그리 되고 시가 돼고 소서리
되능가요

글짜 틀려따고 옥씬각씬
반 팽생 기자 생할하며
오지게 어더 터지기도
해꾸마요

이러케 속션하개
싸질러노코 흐무타게
바라보능거또
재미가 꼬시하내요

스팸 메일을 지우며

참 용하기도 하다
어떻게 개인 이메일 주소를 파악했는지
부지런히 성실하게 메일을 보낸다

"짜릿한 만남" "아주 싼 원나잇"
하루에도 수없이 느닷없이 날아드는
스팸 메일을 보면 짜증나지만
오늘은 딴 생각이 든다

수년 전 7시간 동안 암 수술을 받은 후
회복실로 옮긴 후 며칠 지내며
이런 생각을 했었다

'내가 죽으면 이메일 계정에 쌓인
수많은 메일은 누가 읽지?'

비밀번호 채워져 아무도
지우지 못하는 메일
용량 못 이겨 흘러넘칠

생각하니 마음이 아렸다

오늘 아침 출근해
스팸 메일을 지우고 휴지통까지 비우며
이 세상에 살아 있음에 감사했다

스팸 메일을 보내준
이름 모를 사람들에게도
내 존재 알아줌에 고마워하며
의미 있는 하루를
보내야겠다고 다짐을 한다

심방세동 환자의 독백

가늘게 떨고 있다
심실로 향하는 피의 고단함
몸속 좁아진 혈관들이
그물망처럼 꿈틀거리며
방만했던 삶을 비웃고 있다
이따금 생기는 무기력증과 식욕부진
통증을 동반하며 꿈틀거리는 심장을
고통스럽게 하고 있다
심실에 뿜어진 피가 응고되는
혈전血栓이라도 생기면
동맥경화와 뇌졸중을 일으킵니다
의사의 근심 어린 경고에 움찔한다
그래도 노력은 않고
수시로 행하는 습관성 폭음
쇠약해진 심장을 더욱 주눅들게 한다
혈관을 타고 흐르는 아스피린
끈적해진 피를 묽게 하고
혓바닥 아래를 파고드는
항생제의 불쾌한 추억

쓰린 속을 더 쓰리게 한다
손톱 아래 응고되지 않은 피
며칠 동안 선홍빛으로 머무르며
굳지 않은 삶 속에서 흐물거린다
불안한 심장 불규칙적으로
쿵쾅거리며 헐떡인다
당신은 무엇을 위해
심장을 무너뜨리고 있는가
말문 막혀 대답할 게 없다
대답할 수도 없다
무엇을 위해 살아오지도 않았고
살아온 기억도 없다
심장이 떨린다
지금껏 살아온 날들
거미줄 속에 걸린 나방의 날갯짓처럼
힘이 없다
다시 살아갈 날들 기약이 없다
아주 가늘게 어깨 들썩인다

어떤 상황

바쁜 출근길에
남루한 거지 한 명
구걸을 하며
열심히 무가지 신문을
걱정스럽게 바라보고 있다

기사 제목은
'위기에 빠진 삼성'

삼성과 애플사가 벌인
특허권 침해 소송 기사인데
첨예한 법적공방 끝에
미 연방법원이 애플사에
손을 들어주었다는 평결이었다

수심 가득한
그의 무릎 곁 빈 박스에는
신주화 10원짜리 한 닢
외롭게 빛나고 있었다

2천 원짜리 대중목욕탕

IMF 외환위기 때도 이런 일은 없었다
제법 산다는 우리 동네에
2천 원짜리 대중목욕탕이 생기다니
그 옆 목욕탕도 홧김에 2천 원으로 내렸으나
한 달도 안 돼 간판을 내렸다

6천 원이 평균 요금이고
찜질방 가면 천 원이 추가되면 7천 원이 보통
거기에 음료수도 마시니…
4인 가족 목욕 한 번 가면
3만 원이 훌쩍 넘었는데
여기는 1만 원으로도 갈 수 있다

역시 질이 문제였다
밀려드는 손님 때문에 우리 집 아이들은
국수 같은 때가 대중탕 안에
둥둥 떠다닌다며 안 가려고 했다

복잡한 여탕에서는 이런 일도 생겼단다

깐깐한 서울 할머니 자기 자리 비우고
사우나 간 사이 전라도 할머니
자리를 차지해 심한 다툼이 벌어졌단다

그때 전라도 할머니 가라사대
아따 씨벌, 2천 원짜리 목욕탕 전세 냈는강
허블나게 복잡한 뎅께 빈자리 보고 앉으면 임자재이…
서울 할머니
꽥 소리도 못하고 나가버렸단다

그래도 주민들은 이런 횡재수가 없다며
아침저녁으로 땟국물 찰랑대는
비릿하고 불결한 2천 원짜리 목욕탕 문턱
마르고 닳도록 드나들었다

마눌님 몰래 대출받아 주식 투자하다
쪽박 찬 나도 5천 원 받아 3천 원 이득 보는
2천 원짜리 목욕탕 단골손님이 됐다
가끔은 아이들에게 아이스크림까지 선물하며

인심 쓰는 좋은 아빠도 됐다

탈까 말까

안국동 6번 출구를 나오면
곧바로 보이는 엘리베이터

계단을 이용하면 두 번이나
올라가야 하는 수고로움을 지불해야 한다

오늘은 다리도 아프고
허리도 아파 흘깃 엿보게 된다

평소 어르신들이 이용해
북적대지만 오늘은 한산하다

탈까 말까
한순간 결정 못 내리고
두어 발걸음 내딛는다

타면 조금 편할 건데…
젊은 놈이 무슨 엘리베이터…

욱신거리는 허리
찌그덕거리는 무릎 관절
족저근막염으로 쑤시는 발바닥

차마 노인 취급 받기 싫어
꾸역꾸역 계단 밟아 오른다

낼모레 겨우 육십 되는 젊은 놈이
별 병치레 다하면서
별생각 다하고 있다

일생
— 무산 대종사 각령覺靈 전에

하루살이에게 일생은
단 하루

매미에게
일생은 단 7일

사람에게
일생은 길어야 100년

길을 걷다가 몰록

수백 년 넘은 느티나무에게

넙죽 큰절하지요

2부

가을 단비

주르륵 주르륵
자동차 와이퍼 작동시키는
손끝마저 기분 좋다

9월과 10월
단 하루만 얼굴 보여준 후
영 감감 무소식이더니…
오늘 가을 속으로 오셨다

반가운 마음에 창문 열고
고무신 신고
집안 대문까지 마중 나간다

내일은 짚 한 단 구해
결구 잘 되라고 배추 묶어주고
무 솎아 총각김치도 담을 계획이다

이 비 그치고 땅 마르면
남은 고구마도 캐고

토란대와 알토란 수확하며
만짝날* 행사에 내놓을
꾸러미 농작물 이야기도 하련다

아 참
김장 날짜도 잡아야겠다

* 만짝날 : 만나면 짝꿍 되는 날. 풍신난(유기농으로 농사지어 볼품은 없지만 그런대로 의미 있는) 도시 농부들의 추수감사절. 농산물 시장도 열고 각종 공연도 한다.

감자

이른 봄 땅 녹으면
씨감자 들여
대수술을 한다
겨우내 쌓였던
해묵은 일거리 도려내듯이

씨눈 찾아 요리조리
조각내어 자르고
상처 치료 위해 재소독을 한다

언 땅에 씨감자 묻으며
언능 자라서 둥글둥글하고
주먹만 한 알 주렁주렁
맺으라 응원을 한다
내 인생도 둥글둥글
모나지 않게 흘러가리라
흙에게 다짐한다

차디찬 땅속이라

흙 내음 맡기에는
아직 힘들지만
묵묵히 생명의 자궁에
똬리를 튼다

찬란하게 꽃 피울 5월과
풍성히 열매 맺을 6월을 위해
막장보다 컴컴한 대지 더듬으며
아래로 쳐지는 씨눈 부릅뜨며
감자는 힘찬 기합 소리를 낸다

얍!

겨울밤 늙은 호박을 자르며

상념의 밤을 쪼갠다
지난해 가을 푸르렀던 호박
겨우내 늙어 저승 갈 날
예약했다

이생에서 살았던 기억
씨앗으로 습골拾骨한 뒤
3월을 기약한다

버리면 그만인 삶이거늘
업식業識은 전해야 한다는
신념 같은 고집에 씨앗을
빼내는 손 힘들고 아리다

농부는 굶어 죽어도
씨앗은 베고 죽는다는 우스갯소리
진리 삼아 삼경 지나도록
나를 우두커니 바라보고 있다

피곤을 벗 삼아 곤히 잠드려
눈 감아도 꼬리 무는 상념
밤하늘 허튼 별
쓰린 속 자꾸 헤집는다

그해 여름 장마, 그리고 가을

그해 여름 몽골 출장을 가 있는 동안 한국은 태풍으로 지리한 장마가 계속되고 있었다 일기 예보에는 전례 없이 5일 동안 비가 온다고 했다 호텔방 자동 IP 연결해 노트북을 켜 보니 잠수교가 세 번 잠겼단다 전화로 날씨를 묻는 아내 목소리의 습도는 100%에 가까웠다 '여긴 그냥 어항이야'

귀국 날 인천공항의 저녁노을은 가을처럼 붉었다 주말 농장 채소들은 어떻게 됐을까 상추는 잘 있는가 고춧대는 눕지 않았나 콩은 혹시 꼬투리를 터트리지 않았나 일산행 리무진 버스에 지친 몸을 실었다 다음 날 새벽 부리나케 찾은 농장 방울토마토는 알맹이가 탱탱함을 이기지 못하고 속살을 터트렸다 그 사이로 검붉은 씨앗이 흘러내리고 있었다 전장에 나가 용감하게 싸우다 피 흘리는 전사 같았다 입 앙다물고 오므린 콩꼬투리들은 그 단새를 못 견디고 흙 속에 이리저리 머리를 처박고 새움까지 틔우고 있었다

타닥타닥 내린 장맛비로 고랑 잡풀들은 이때다 싶게 무

럭무럭 자라 알뜰하게 보살핀 채소들보다 웃자라 농장의 주인이 되어 있었다 촘촘했던 상추는 흔적 없이 녹아 사라졌고 한 뼘 정도 간격을 두고 운 좋게 살아남은 건 웃자라서 잎사귀를 10여 장이나 만들었다 장맛비는 그냥 내린 게 아니라 주말농장 전쟁 상황을 역전시켜놓았다

한 달이 지나 다시 찾은 농장 탄저병에 죽은 몇 포기 고추 사이로 대파가 무럭무럭 자라고 있었다 입추에 맞게 야생화 같은 배초향 방아도 보랏빛 꽃을 몽울몽울 피우며 한 자리를 당당하게 차지하고 있다 그 여름 장마에 수확 못 해 떨어진 강낭콩들 이모작의 기대를 품을 만큼 푸른 잎들을 힘차게 하늘 향해 뻗고 있다 그 옆 잘게 떨어진 방울토마토는 가을 서리에 얼어 죽을 운명도 모른 채 나도야 자란다며 이슬 젖은 몸을 푸르르 털고 있다

단호박

좋은 거름 되라고
음식 쓰레기 땅에 묻은 뒤
재작년 수확한 단호박과
맷돌호박씨 몇 알
밭 가장자리에 묻었다

'싹 트면 옮겨 심어야지'

물기 머금은 땅에서
몇 포기 호박이 싹을 틔웠다

'참 기특도 하구나'

일주일이 지나자 떡잎이 떨어졌다

'밭두둑에 심어야 할 텐데…'

차일피일 미루다가 생각이 달라졌다

‘그냥 이곳에 지지대 세워 키워볼까’

그러는 사이에 잎이 무성해져
밭이 아주 좁아지기 시작했다
맷돌호박이 밭주인으로 자리 잡았다

그러던 어느 날 호박 덤불 속에서
불쑥 자란 단호박 한 덩이를 발견했다
생김새가 동글동글한 게
아주 핸섬했다

생각지도 않은 횡재수에
새삼 자연의 시은에 감사를 올린다

땅강아지

6월 가뭄이 기승을 부리던 날
감자를 캤다
물기 한 점 없는 감자
애타는 농심처럼 고슬고슬했다

올 4월 1일 싹이 난 감자를 심으며
장마가 오기 전에 수확하겠다고
다짐을 했던 게 주효했다

호미를 넣어 알을 꺼내다가
어릴 적에 봤던 땅강아지와 마주쳤다
동그랗게 파먹은 감자 구멍에서
더위를 피하고 있는 앙증스런 땅강아지

열심히 키워놓은 감자를
이 녀석과 굼벵이가 파먹었다
이상한 사람 만났으면
넌 벌써 이 세상 땅강아지가 아니었다

흔들어도 아무 기척이 없다
애시당초 감자 구멍은
자기가 만들어놓은 천연 동굴로 안다

땅강아지를 쫓아내면서
생각해본다
정말 이 밭의 주인은 내가 아니라
땅강아지라는 걸

뚱딴지

돼지감자의 다른 말
국화과의 다년생초
땅속줄기 끝이 굵어져
덩이줄기가 발달하는 작물이다

북아메리카가 원산지이며
백인이 건너오기 전부터
원주민이 식용으로 재배했단다

17세기 초 유럽에 전해진 후
식용과 알콜 원료로
세계 각지에서 널리 재배되고 있다
요즘은 밭에서 나오는 인슐린이라며
당뇨병 치료제로 각광받고 있다

심어놓기만 하면
무섭게 번식하는 특성으로
특별한 재배방법은 없다

대개 우둔하고 완고하며
무뚝뚝한 사람을 가리켜
돼지감자의 생김새에 빗대어
뚱딴지같다고 하는데
꽃도 해바라기꽃같이
엉뚱하게 예쁘다

이치에 맞지 않게
엉뚱한 행동을 하는 사람을
가리키기도 하는데
3월 언 땅을 괭이질하며
자색 뚱딴지를 캐는
내가 나를 보며
이 추위에 도대체 무슨 뚱딴지같은
짓을 하고 있냐고 나무라고 있다

마

지난해 가을 농장에서
열매 맺은 마 씨 한 홉
다기 선반에 올려다 놓고
내년 봄에 보자고
다짐에 다짐을 했다

콩알만 한 마 씨
어떻게 보관할까 고민하다가
무심코 병뚜껑을 닫아
몇 주가 지났다

혹시 이상이 있나 싶어
병뚜껑 열었더니 아주 고약한
냄새가 났다

아!
마도 숨을 쉬어야 산다는
사실을 뒤늦게 알았다

얼른 죽은 마 씨는 버리고
몸집이 탱탱한 걸 골라내니
거의 반밖에 되지 않았다

숨 못 쉬는 마 씨는 얼마나
괴로웠을까 마음이 짠해진다

추운 겨울이 가고
춘분이 일주일 지난 어제
마 씨를 살펴보니
옆구리에서 뭔가
쏙 밀고 나오는 촉이 보인다

마에는 종류도 많다는데
아직 이 마는 어떤 종류인지 모른다

참마일까 장마일까 단마일까
참마면 약효가 좋을 것이고
장마이면 먹기 좋은 것이고

단마이면 한약재로 사용할 것인데…

토란대

무료한 가을 하늘
높이 올라가던 날
거실에서 꾸벅 졸다가
갑자기 생각났다
아차 그제 말려놓은 토란대

껍질을 벗기러 농장으로 후다닥

런닝셔츠 파고드는
풀색 물감 진액

온 여름 내내 더위 이기고
내뿜는 끈적하고 아린 기운이
몸을 파고든다

봄부터 가을까지 노고를
몸에 새기는 문신이다

무시래기

가을이 머물다 간 자리에
겨울이 머물렀다
겨울이 지나고 봄이 오는 길목에서
가을을 소환했다

한소끔 물이 끓은 후 열었더니
솥뚜껑 안에 피어난 가을
파릇파릇 옛 모습으로 환생했다

친구는 이곳에서 소죽 냄새가
난다며 좋아했다

다시 못 만날
첫사랑을 만난 듯
가을이 머물러 있다

다시 봄으로 떠나갈 그대여

아련한 추억을 담아

여름 가고 가을에 이르러
옛사랑과 해후하소서

무엇을 위해 부지런해야 하는가

게으른 농부가 겨우내
배고픈 새들에게 양식을
선물하는 선행을 베풀었다

부지런한 농부는
들판에 널브러진 들깨를 보며
혓바닥을 끌끌 찼지만
게으른 농부는
아랑곳하지 않고
그냥 들판을 훠이 휘이 돌며
팔짱만 끼고 돌아다녔다

그해 겨울 폭설이 내려 새들은
먹을 게 없어 들판을 헤매다가
겨우 겨우 게으른 농부의
밭에 내려와 기름진
들깨 낱알을 쪼아 먹고
기운을 차린 뒤
넓은 하늘을 향해 날갯짓을 하며

힘차게 날아올랐다

살면서 한 번쯤
무엇을 위해 부지런해야 하는지를
생각해봐야 하지 않을까

배추를 묶으며

기어이 날씨가 사고를 쳤다
배추 속이 영글지도 않았는데
영하로 두 번 곤두박질쳤다

며칠 전 한참 자라는 잎을
쩍쩍 벌려 눌러주었다
햇볕을 많이 받아 속이
꽉꽉 차서 자라 달라 응원했다

하지만 웬걸
벌써 서리가 내려버리니
더 이상 자라기는 글렀다

탈곡한 논바닥에 널브러진
짚단을 구해 배추를 묶어본다
싸늘하게 식어도
쑥쑥 자라고픈 마음을 담아서

퍼슬퍼슬한 잎을 꼭 껴안아도 본다

뽀드득거리는 노란 속이
탱글탱글 밖으로 나오려
몸부림을 치는 환영이 보인다

베란다 상추

상자 농법도 재미있다 하여
딸기 담은 스티로폼에
흙을 담아 상추 모종을 심었다

물만 주면 잘 자라는 상추
한동안 식탁의 주인이 됐다

줄기가 한참 자라
꽃대가 올라와 결실을
준비하고 있다

그 옆에서 자연 발아된
고추를 옮겨 심었더니
벌써 방아다리를 뻗고 있다
이 녀석들은 곁을 내어주며
공생共生의 가르침을 준다

작은 공간에 거름이
부족한 고추는 세 개의 다리 대신

두 개의 다리를 뻗어
하얀 꽃을 피우고 있다

상추 따 먹는 재미도
쏠쏠하지만 물만 주면
옴팡옴팡 자라는 자연의 위대함을
깨우치는 재미가 더 쏠쏠하다
덤으로 함께 사는 삶이
어떠해야 하는지도 일깨워준다

물을 듬뿍 준 뒤
베란다 난간에 올려놓는다
올해는 정말 베란다에서
풋고추를 따 먹을 수
있을 것 같은 기대감이 든다

이웃집과 나누어 먹을
준비도 돼 있다

봄 마늘밭

생명력 후끈 달아오른다
언제 그랬느냐는 듯
추운 겨울 이겨내고
봄 기별 전하며 올라오는 싹의 향연
이따금 내리는 서리도 거뜬하다
억센 민초들 삶도 이러했으리니…

언 땅 뚫고 눈꼽째기만 한 싹 보여주다
엄지손가락 한 마디만큼 쑥 올라오더니
이내 푸른 자태 쭈욱 내민다

봄비 내린 뒤 다시 찾은 들판
바람을 맞아가며 미끈하게 자란
푸른 줄기가 너풀너풀 춤을 춘다

지난 늦가을 육쪽마늘을 쪼개서
찬바람 호호 불며 땅속으로
내려보내며 마음 한 켠에서는
무척 미안한 마음도 들었었다

우리 좋으라고 너만
찬 땅속으로 보내다니…

하지만 영하 20℃의 추위도
당당하게 이겨내고 봄 들판의
대장으로 당당하게 서 있다

추운 겨울이 없다면
이토록 고맙고 눈물겹지는 않았다

그 감동 느끼려 매일
들판에 나가 참 보기 좋은 모습을
첫사랑 대하듯이 설렘으로
바라보고 돌아오곤 한다

불미나리

혹독한 추위 견뎌낸 밭둑 언저리
줄기 붉은 미나리가 올라왔다
처음 밭둑에서 시작해
차차 우리 농장 비닐하우스 안으로
세력을 넓혔다

이른 봄 잡초들 틈에 끼어
뿌리를 활착한 뒤 재빨리 줄기까지 뻗어
포기 수를 늘이고 있다

몇 해 동안 밭둑에서
삶은 고난이었나
오죽했으면 비닐하우스 안에
뿌리 내려 안주하려 했을까

처음 물에서 자란 그였지만
밭에서 자라면서 줄기에
붉은 핏줄까지 세웠구나
거친 농부의 억센 손을 닮았구나

하지만 거긴 너가 살 곳 아니다
부지런한 농부들 종자 뿌려
모종 내는 아지트이기 때문이다

3월 한 달 꿈같은 날 보내며
튼실히 자란 불미나리 베어
겉절이 만들어 쌉사름한 맛
혀끝으로 느끼며 사랑 나눈 뒤
뿌리를 거두어 밭둑에 심는다

불미나리야
물 걱정은 말고 마음껏 자라
파란 속살 드러내
내게 다시 돌아오려무나

서리태

감자 캔 자리에 서리태를 넣었다
생육 기간이 길어 서리 내릴 때
수확한다는 검은콩
영양도 풍부해 콩 중의 콩으로
특별한 대접을 받는다

이 녀석이 기특한 건
땅속 양분으로 열매 맺기를
싫어한다는 거다

남들에게 민폐 끼치고 살지 않겠다는
고고한 선비같이 땅속에 뿌리내려
뿌리혹 만든 뒤 영양 비축해
결실 맺으며 땅도 정화시킨다

척박한 땅에서 자라는지라
햇볕만 있으면 사정없이 성장하려는
습성으로 농부는 잎의 웃자람
조절을 위해 줄기와 잎을 잘라주기도 한다

아주 커도 안 되고 적어도 안 되는
적당한 키라야 서리태는 비로소
꽃 피우고 열매 튼실하게 맺는다

숫돌에 낫을 슥슥 갈아 벼린 후
웃자란 줄기와 잎 툭툭 쳐냈더니
자주색 꽃을 내밀며 수줍게 인사한다

거름이 많으면 잎만 무성해
열매 맺지 않는 서리태
비만으로 자라는 요즘 아이들을
나무라는 듯하다

국민 우롱하고 자기 잇속만 챙기며
웃자라는 정치인도 눈에 어른거린다

염주

율무인 줄 알았다
식물도감에도 찾아보기 어렵고
어느 사이트를 보니 이름이 염주란다

율무보다 껍질이 단단하고
광택이 나 주자옥이라 부르기도 하고
천간 천곡이라 부른다

간을 보호해서 열매 뿌리 줄기 모두
달여서 먹으면 좋단다
따뜻한 성질에 독이 없다니
더욱 정감이 간다

5월 늦게 싹 틔워
천천히 자라다가
8월 장마 때 옥수수같이
훌쩍 자란다

9월 되면 꽃 피고 열매 맺는다

점차 검게 변하며 염주 모습 드러낸다

늦가을까지 알알을 수확해 말려
염주를 꿨다
한 줄에 나란한 염주
같은 듯 다르고 다른 듯 같다

그 알맹이들 같은 날
다른 알들을 품고
다른 날 같은 하루를 보내며
빙글빙글 돌아가고 있다

염주에 인생이 보인다

적상추

10여 일 전 심은 적상추
봄비 가득 맞은 뒤
잔뜩 화난 듯 불쑥 솟아올랐다

그래 그래 상추야
어서 화를 많이 내거라
그러면 너는 쑥쑥 자랄 것이고
나는 너의 잎 뜯어
막된장에 밥 넣어 쓱싹쓱싹 먹을 거다

붉은 색깔 제법 내며
자라는 상추에게
한약 찌꺼기를 선물한다
사람이 먹던 보약이니
너에게도 당연히 보약이 될 것이니

비 맞은 상추
돌아오는 길에도 비 맞으며
잔뜩 화가 난 듯

불쑥불쑥 솟아오를 태세다

4월 말 적상추
5월 붉은 혁명을 꿈꾸며
하얀 쌀과 접선할지
거무튀튀한 보리쌀과 접선을 할지
상부 지령 받기 위해
열심히 바람과 교신하고 있다

주말농장 할아버지

할머니가 계시지 않나?
할아버지는 이른 아침부터 저녁까지
혼자서 밭을 일군다

온갖 정성 기울임을 처음에는 몰랐다
함께 주말농장 가꾸며 살펴보니
모종 한 포기 심는 데도
줄자로 재서 거리를 배정한다

올해는 거름도 아예 따로 주문해
한 켠에 쌓아두고 정성 기울인다
오이 두 이랑 완두콩 두 이랑
옥수수 한 골 고구마 한 골
감자 한 골 상추 열 포기 쑥갓 네 포기…
심는 작물마다 좌우 정렬이 확실하다

정년퇴임한 세무공무원이란다
옆에서 함께 주말농장 가꾸는 목공아저씨 왈
아마도 저 할아버지 밑에서 일한 사람

직장생활 악! 소리 내지르면서 했을 것이야

내가 맞장구친다
저 할아버지 미워하는 사람 있으면
농장에 곡식 몇 포기 상처 입혀주면 될 거예요
할아버지 그것 보고 며칠 몇 날 스트레스 받고
앓아누워 계실 것이므로…

2월 눈 녹기도 전부터 어슬렁거리며
농사 준비하는 우리 농장 할아버지
하루 10시간 넘게 머물며
초보 농사꾼들에게 영농지도까지 하면서
자연에서 얻는 땀의 소중함 일구신다

나는 그를 농사의 신이라 부른다

천일염과 정제염

4월 파종한 열무
웃자란 이파리 펄럭이며
싱그런 자태로 내 품에 안겼다

아내는 왜 그리 많이 심었냐며
핀잔을 주지만 나는 기쁜 마음으로
나눠 줄 이웃까지 생각했다

열무를 조심스럽게
아기 다루듯이 다듬었다
막 다루면 풋내가 나기 때문

베란다로 간 아내는 천일염을
나는 정제염을 가져와
절임 작업에 몰두했다

절여진 열무를 행구기는 쉬웠다
새하얀 소금 덕분에 두 번의
세척으로 모든 게 끝났다

아내는 거뭇거뭇한 열무를
씻어 내리기를 여러 번
나는 빨리하라며 짜증을 냈다

김치를 버무려 맛을 보니
내 김치에서는 쓴맛이 났고
아내 김치에서는 단맛이 났다

내가 친 소금에는 나트륨이 많아
색깔은 고왔지만 짜기 그지없었다
아내가 사용한 소금은 탁하고 흐렸지만
미네랄이 풍부해 맛이 좋았다

맑고 깨끗한 정제염 속에
그렇게 새하얀 가식이
들어 있는 줄 나는 몰랐다

초여름 들판에서

감자밭은 풀 천지다
우리 카페의 공지사항
이번 주 토요일 잡초와 전쟁을 선포합니다
댓글이 달렸다
세상에 잡초는 없습니다
모두가 저마다의 이름을 가지고 살지요
한 방 얻어맞은 기분이다

아이디가 지우도농인 큰 형님 왈
잡초라 불리는 풀들이 있기에 땅이
생명력을 유지합니다
이들이 없다면 땅은 황폐해집니다

그랬다 내가 잡초라 불렀던
풀들은 질경이었고, 강아지풀이었고
명아주풀이었다

그에게 걸맞는 이름이 있었고
걸맞은 역할을 하며

농장 유지에 기여하고 있었다
다만 게으른 도시농부들에 의해
과하게 웃자라 작물생육을 방해는 하고 있었지만

이런 표현을 썼다
'잡초'라는 말 대신 '여러 풀'이라고
초여름 나는 여러 풀과 농작물을
분리하며 먹을거리 독립을 위해
열심히 땀 흘렸다

치커리꽃

잎 뜯어 된장국에
밥 비벼 먹으려고 산
두 포기 치커리
아주 여려서 안쓰러웠다

가뭄에 안간힘 써가며
자라는 게 대견스러워
농협퇴비를 뿌리 주변에
선물로 수북이 올려주었다

무럭무럭 자라더니
뜯어도 뜯어도
잎 올리는 효심이
사랑스럽기 그지없다

여름이 다가와
수확하기도 지칠 무렵
자주색 꽃대 올리며
환하게 웃었다

풍성한 야채
선물해준 것만도 고마운데
아름다운 꽃까지 선물 받으니
결혼해주고
아이까지 낳아준
자주색 좋아하는 아내의
분신 같다

생강

도시 농부 친구 아침달이
우리 도내 농장에도 대나무 같은
생강 자라는 모습 보고 싶다 해서
꼭 그렇게 하고자 마음먹었다

강화도 풍물시장에 갔다가
우연히 눈에 띈 토종 씨생강
향도 역시 끝내줬다

낼름 만 원어치 사 신문지에 꽁꽁 싸서
자동차 트렁크에 고이 모셔온 뒤
다음 날 당장 도내 농장으로 달려가
이랑 깊게 갈아 퇴비 충분히 깐 뒤
님 주신 밤에 씨 뿌리듯 씨생강을 넣었다

한 달 기다려도 싹이 보이지 않던
생강이 싹 틔우던 날 기쁨에 겨워 울 뻔했다
대나무 순을 닮은 파르란 자태를 보니
와락 껴안고 싶었다

오줌액비로 웃거름 주고 풀도 잡고
북도 주며 무럭무럭 자라주기를
일심으로 기원했다

장마가 한창이던 여름날
밤나무가 넘어져 생강밭을 덮쳤을 때는
억장이 무너지는 아픔 느끼며
수동 톱으로 넘어진 밤나무 자르며
철저하게 복수하듯 생강을 구했다

10월 말 누스르름한 생강
찬바람 맞자 걱정이 되었다
다음 날 서리 소식에 밤 10시 넘어
농장으로 달려가 비닐을
포근하게 덮어주었다

며칠 후 수확을 했는데
잎에서 나는 향이 그렇게 좋았다

대추와 꿀에 재운 생강차 두 통 만들어
그해 겨울이 다 지나가도록
나는 생강과 깊은 사랑에 빠졌다

3부

막지고개 인동초

고향 막지고개 넘어가는
질밤재 풀섶에
달밤재 돌틈에
매년 피었었니더

추운 겨울 이겨내고
잘도 꽃 피운다고
인동초라 했니더

금색 은색 초롱꽃 매단다고
금은화라고도 불렀니더

90살 넘은 우리 할매
이 꽃 따서 말려
영주장 내다 팔면
봄이 다 가고
여름 오는 줄 알았니더

돌아가신 무덤 옆에

이 꽃 피어나면
죽어서도 우리 할매
여상시리 꽃 따러
오시는 줄 알았니더

꽃나팔 하나 뽑아
입에 무니 나비처럼 하늘하늘
날아가는 우리 할매
누런 삼베적삼 보이니더

입 안에 꿀 냄새 향긋하고
눈 감으면 쌈지에서
인동초 꽃 말려 판
꼬깃한 돈 꺼내
손주 꽈자 사주려던
우리 할매 거친 손
지금도 눈에 서언하이더

아부지요 아부지요

성근 들판 갓돌절邊石寺* 언덕배기
결 좋은 바람 부니더
푸른 잔디 색깔 하마 변하며
가을 오고 멀리 학가산
긴 그늘 아부지 산소에
내려앉니더

그렇게 살다 갈실 걸
왜 그쿠로 힘들게 살았니껴
시대가 그리 만들었다케도
아들내미가 봤을 때는 아이씨더
이제 편히 쉴 수 있는 곳에
왔으이 암 묻담** 말고 편히 쉬시이소

가을장마로 큰 물가
일렁대는 물줄기 진짜 오랫마이씨더
무섬마을 물 불는게 여상시럽지도 않니더
봉석 돌려 가마이 짜던
큰아부지 동창 어른네 집

게안을지 모를씨더

납들고개 넘어 고지절 가던 길
추져서 댕기기 참 불편할씨더만

아부지요 아부지요
그크로 가고 싶다카던 찬지바꼼*** 뒤
볕 좋은 양지에 누우셨으니
고마 인제는 자식들 올려주는
술잔 받으시면서 저승에서 호사 누리며
손녀 손자 살아가는 거 보시며
우예둔둥 편안히 쉬시이소

* 갓돌절(邊石寺) : 경북 영주시 문수면 돌절 옆 구릉을 이르는 말.
** 암 묻담 : '아무 말'의 경북 사투리.
*** 찬지바꼼 : 경북 영주시 문수면 막현마을에 있는 지명.

무섬연가

물줄기 돌고 돌아 산그늘로 들어가면
무섬마을 까치구멍 추녀 끝에 노을진다
소죽 끓는 여물통에 하얀 김 피어오르면
배고팠던 누렁이 멍에 벗고 미소짓네

학가산 진월사에 저녁 종송 들려오면
죽령재 기차 불빛 아른아른 일렁인다
들에 간 우리 할배 어깨 가득 풀짐지고
외나무다리 건너오며 흥얼흥얼 노래하네

허연 침 풀풀 흩날리며 여물 씹는 누렁이
그 모습 바라보며 미소 짓던 우리 할매
행주적삼 여미면서 어여 먹으라 손짓하네
그리워라 그 모습들 강물 따라 흘러가네

돌아가리 돌아가리 물 돌아드는 내 본향
소 먹이고 멱 감던 소꿉친구 모여 살던
금모래 은모래 갱밴*에 넘쳐 빛나던
외나무다리 정겨운 내성천 무섬마을

* 갱밴 : '강변'의 경상북도 사투리.

나 고향집으로 돌아갈라이더

열세 살 고향 떠난 뒤
빙빙 돌아 50년 인제 돌아갈라이더

학가산 훤히 보이는 생가터에
초가삼간 흙집 짓고
마당가에 호두나무 자두나무
살구나무 사과나무 포도넝쿨도
하나 얹어놓을라이더

아부지 둘째 누나 낳고 심었다는
미류나무 심은 터에는
봄마다 따 먹는 보리수 심어볼라이더

호롱불 광창 만들어놓고
심지 돋우어보기도 하고

아무 할 일 없이
빈둥빈둥 누워 배기기도 할라이더

까만 하늘 별 총총
뜬 은하수 보며 한여름 은하수 쏟아지던
그날 생각하며

깡냥 감재 삶아 강주리에
담아놓고 쭈각쭈각 먹어도 볼라이더

밤이 긴 겨울이면 동창들 불러
먹방내기 화투 쳐서
누구네 무꾸구데이* 파서
사각사각 먹고
김치쪼가리에 막걸리 크억 들이키며
허구한 날 보내기도 할라이더

* 무꾸구데이 : '무구덩이'의 경상북도 사투리.

우물에 빠진 은하수 별들

우물*의 근원은 하늘의 은하수와 별에 있다 우물 팔 장소에 수십 개의 물동이를 두고 까만 밤중에 관찰해 가장 크고 빛나는 별이 담긴 동이 자리에 우물을 파면 좋은 물을 얻을 수 있다 우물은 하늘을 봐야 한다며 덮지 말고 관리한다 하늘의 은하수가 내려와 맑은 물이 될 수 있도록 하기 위함이다 우물 속이 깜깜하면 비가 온다는 말 역시 우물이 하늘의 정보를 지니고 있기 때문이다 우물은 하늘을 담고 있다 땅속에서 솟아나는 우물은 은하수를 담고 있다 은하수는 우물에 빠져 있다 별들이 하늘하늘 유영遊泳하고 있다

* 나도 이 다음에 하늘로 올라갈 때 내 고향 막지고개 우물 '예배당 샘물'에 비치는 별을 따라가리라.

고향의 언어를 담금질한다

디기 가고 싶으이더 막지고개
아부지 어매 할배 할매 큰아부지
묻혀 계시니더
암매 나도 거기 뼛가루 묻어야 안 될니껴
소낭대이* 바람 씨게 불던 겨울게
걸까* 넘어가던 때가 눈에 서언하이더
봄미기* 살던 친구 뱅그이는
젊어 한날 각중에 저승 가뿌랬니더
그래도 언나 때 산태 타며
뫼때 뛰놀던 움모태* 우리 초가집
남향으로 다시 짓고 학가산 바라보며
꽁보리밥 된장국 싹싹 꼬치장 비배
한 그륵 꿀떡 넘기고 싶니더

* 소낭대이, 걸까, 봄미기, 움모태 : 지명.

간이역

내 왔니더 할배요
영주 장날 손잡고
문수역*에 오면 가슴이
쿵딱거려 죽을 뻔했니더

까칠한 턱수염을 볼태기에
쭈욱 부비시며 니 월남사탕
한 개 사 주까 그러시며
손자 손목 땡겨 잡고
청량리행 완행차에 올라탔니더

거나하게 막걸리 한잔
하시고 갓끈 고쳐 매시며
낼모레 추석인데
우리 손주 신발 한 커리**
사 주까 하시며 빙긋이 웃었니더

그날 벽장에 올려다 놓은
신발 쥐 물어 갈까 봐

잠 한숨 못 자다가 늦게 잠들어
지각했던 기억
지금도 눈에 서언하이더

* 문수역 : 경북 영주시 문수면에 있는 폐역.

** 커리 : '켤레'의 경북 지방 사투리'

4부

가을 단풍

파아란 캔버스에
빠알간 물감 풀어
흩뿌리는
나무 예술가들

참선방
문고리 잡고
청천 날벼락치는
선객禪客의
할喝을 닮았다

사각!

다비

마지막 가는 길
눈이 너무 따갑구나

피워 올린 연기
장광설長廣說이로고

야 이 놈들아!
잘 탔으면 됐다

다 타버린 잿속에서 뭘 자꾸 찾누

억!

검정고무신

종립 동국대학교 학위 수여식 날
그것도 박사학위 수여식 날
많은 사람들이 높다란 사각모자를 쓰고
저마다 폼새 높이 올리며 빛나고 있다

박사 학위증 배경으로
멋진 기념 촬영 한나절
축제처럼 쭈욱 이어지고 있다

아침나절 길다란 겨울 햇살
고슬고슬해질 때까지
사람들의 발길은 분주하기만

발 디딜 틈조차 없이 숨 헉헉이며
사람 숲 빠져 나오는데
눈에 걸린 검정고무신

회색 가사 해어진 분소의*
파르라니 깍은 머리 추워 보였다

그 앞에 2월 칼바람
산자락 휘감았다

이상스럽기조차 한
서늘한 풍경
서둘러 누구인지 확인하려 했을 때
검정고무신**은 이미 군중들 속에 묻혀
전혀 찾을 수가 없었다

* 분소의 : 糞掃衣. 똥 묻은 헝겊을 주워 모아 지은 옷이라는 뜻으로, '가사(袈裟)'를 이르는 말.

** 검정고무신 : 그 스님은 성철스님 제자인 원영스님으로 훗날 미국 뉴욕에서 세계인들에게 한국불교를 전하고 있었다.

구인사 일주문에 서서

구인사 일주문 냉랭한 이슬
낭랑한 새벽예불 소리 기둥에 걸어두고
허리 숙여 일 배 이 배 삼 배
타들어가는 번뇌 녹이지 못한 속진俗塵
연화봉에 휘감아 맴돈다
죽비로 내리쳐도 메아리로 굽이친다

진신사리탑 지나
소백산 올려봐도 용트림하는 망상

할과 방 내리친다

억!

아직도 중생계 한 발짝도 나아가지 못했다
33천 대천세계 울리는 범종 소리
차오르면 비워지는 공적空寂

산그늘 겹겹이 업보라 했지

떨쳐내도 따라오는 그림자
흔들리다 펴럭이다 일렁거린다

관세음보살 정근으로
한 밤 새고 두 밤 새도
차갑고 단단해지는 누진통漏盡通
콘크리트 바닥에 눌린다

다시 구인사 일주문에 서니
단단한 화석으로 변한 누진 번뇌
가슴으로 응어리진다

아이쿠야!

이번 생은 망했구나

내가 아는 스님은

매일 아침 바다에 나간다
설레는 마음으로 관세음보살님
친견하러 가듯
새 옷 갈아입듯 설레는
발걸음을 옮긴다

태풍 지나간 바다
인적 끊어져 한산하지만
떠밀려온 해초들
비린내 풍기며
고향 소식 받는다

파도 쉼 없이 밀려와
몽돌 때리고 부수려 하지만
끝없이 자신 낮추고
굴러서 바다와 하나된다

어젯밤에는 몽돌 하나에
보름달이 내려와

황홀한 몽돌밭 걸어 다녔다

스님은 이런 곳이야말로
참다운 수행처란다

수행자가 아직 살아남아
사상을 떨치고
보살행을 실천할 수 있는
절호의 땅이라며
아침바다에서 깨침을 건져 올린다

심곡암 가을

가을비 내려오신다
만산홍엽과 함께 후두두둑
바쁜 걸음으로

어제는 대성문 지나
돌돌돌 구르더니
오늘 형제봉 넘는다

돌단풍은 이미 한철 회향하고
거추장스런 옷 훌훌 벗어던지고
땅속으로 오그라들었다

너럭바위의 상수리나무는
댓바람 맞고 의뭉의실 말문 닫고
돌 틈 아래 미소불*은
살며시 꽃을 들어 보인다

* 북한산 심곡암 너럭바위 앞 돌 틈에는 화강암으로 조성된 앙증맞은 오채현 작가의 미소불이 다소곳이 자리하고 있다.

5부

92병동 환자

바람난 도시 거리
장막帳幕 내려지고
맥박 치던 혈관 너울거림마저
백신에 고개 숙인 지금
중풍 환자처럼 떨고 있다

휑한 양팔 깍지 끼고
하얀 밤길 걷는다
길모퉁이 망각창고妄覺倉庫
다가가 두리번 두리번
머리 불쑥 들이민다

미어지는 가슴,
간난艱難의 잔상 세어본다
하나, 두우ㄹ
(몇 개 남지 않았군)

무덥던 그해 여름
억센 힘줄, 거친 숨결 폭발하는

막장에서 심장 터지는
소리를 들었었지

그곳에 버려진 널 주워보는 나
초라한 몰골의 아스라함
퍼즐 조각처럼 흩어진 기억들
주체할 수 없었지

헛헛한 거리에
비 내렸지
바람난 도시 거리의 장막이 오르고
이제 우울증 환자처럼 울고 있다

고물 트럭과 렉서스 외제차

비 내리는 이른 새벽 딸아이 학교 태워주고
집으로 돌아오던 고양시 서오릉 길
고물 가득 실은 트럭 눈앞에 어른거린다

그 옆 렉서스 외제차
조용하게 신호 기다리고 있다
고물 트럭 어디서 모았는지 철깡통이며
양은냄비 산더미같이 싣고 있다

트럭 안 젊은 부부
신나게 이야기 소곤거리며
볶은 깨를 쏟아내고 있다
밤새 일하고 집으로 향하는 길인 듯

외제차에도 젊은 부부
나란히 자리하고 있는데
아무 말 없는 적막강산이다

나는 눈치챘다

가진 것 없어 고물장수로 살며
트럭 하나 가득 실은 저 고물은
단순한 고물이 아니라
떠들썩한 행복 가득 실은 럭셔리 자동차다

아무 말없이 서 있는
렉서스 외제차는
싸늘하게 식은 부부의 인연
부식되어 무관심의 녹 가득 찬
불행 실은 고물차에 불과하다는 사실을

늑대 부부와 흡혈박쥐

동물 칼럼니스트가 글을 썼다
'사별 전엔 외도 모르는 늑대 부부'
라는 주제로

어린이날과 어버이날을 맞은
5월에 쓴 글인데 가족을 챙기는 건
인간뿐만 아니라 동물도 쉽게
찾을 수 있다고 서설을 풀었다

늑대는 동물에는 흔치 않은
일부일처제를 평생
유지하는 것으로 유명하단다
부부가 무리를 이끌며 수컷은 사냥을
암컷은 육아를 담당한다

부부 중 어느 한쪽이 죽기 전에는
바람을 피우지 않는다고 알려져 있으며
한쪽이 죽어서 재혼을 하더라도
기존 배우자의 자식을 끝까지

책임지고 키운다고

흡혈박쥐 경우는
매일 자신의 몸무게 반 이상이 되는
피를 먹어야 하는데
40시간가량 피를 공급받지 못하면 죽게 된다

주위에 피를 공급받지 못해
죽어가는 동료가 있으면
이들은 자신의 피를 위장에서 토해 나눠준다

이혼을 밥 먹듯이 하는 인간들
자식을 내팽개쳐 사회적 문제를
일으키는 배은망덕의 시대에
늑대와 흡혈박쥐는
너희들이 무슨 만물의 영장이냐며
비웃는 듯하다

백짓장

아침 7시 헐레벌떡 일어나
출근길 서둘렀다
오늘도 정말 바쁜 하루를 열심히
살아야겠다는 각오와 함께

책을 읽을까 하는 마음도 있었다
하지만 세상 물정 모르면 안 된다고
생각하며 신문을 정신없이 펼쳐
코를 처박고 손가락에 열심히
침을 튀겼다

머리가 하얗다
32분 동안 열심히 전철 안에서
무가지 타블로이드판 신문
세 개를 꼬박 정독했는데도

지하철에 내려
개찰구에 카드 소리 찌르릑
이 소리와 함께 오늘 읽은 뉴스가

하나도 생각나지 않는다

백짓장이다

사상, 계급 그리고 숟가락

내가 아는 시인은 밥집에 앉아
시킨 밥이 나오기를 기다리는 동안
상 위에 놓인 숟가락을 골똘히 들여다보았단다

나름 소문난 음식점 밥상에 놓여 있는지라
숟가락을 들어 앞뒤를 살펴보았지만
어디에도 출생 연도나 출신지는 적혀 있지 않았단다
이루 셀 수 없는, 사람들의 손과 입이
다녀갔을 거라 생각만 했단다

지극히 평범한 숟가락 하나가
수많은 중생들과 현재의 자신을
보이지 않게 이어주고 있다고 생각하니
새삼 눈앞의 숟가락이 예사로 보이지 않았단다
우주 안의 존재들은 보이지 않는
관계의 그물망으로 이어져 있음을 알았단다

숟가락을 다녀간 사람들 중 어떤 이는
한탄과 회오, 눈물 속에서

무겁게 숟가락을 들었을 것이라 생각했단다
어떤 이는 겸허와 감사로 합장을 올린 뒤
경외하듯 숟가락을 들었으리라 생각했단다

하지만 대부분은 아무런 자의식 없이
오래된 버릇처럼 숟가락을 들었으리라…

매번 숟가락을 대하는 태도가 달라짐은
그날그날 살아온 내용이 다르기 때문
밥값을 한 날과 그렇지 못한 날에 따라
숟가락은 무겁기도 하고 가볍기도 했을 것이란다

시인은 숟가락 놓지 않기 위해
악착같이 살아온 날들을 떠올려보았단다
그러는 동안 밥이 단순한 끼니가 아니라
사상이요, 계급이라는 것도 알았단다

이윽고 숟가락에게 부끄럽지 않게 살겠다고
다짐하며 밥 한 그릇을 다 비웠단다

새들은 해당화 꽃이 되어 날아갔다

내가 아는 사람은
산에 사는 것은 정말 고마운 일이라 했다
산에서는 흐르는 물소리도 들을 수 있고
불빛 없는 어둠의 아름다움도 볼 수가 있었단다

오랫동안 외국 생활에서 돌아온 그는
사람을 보지 말고 오로지 도道만 닦고자
오지奧地 산속에 남의 땅을 빌려
조그마한 초가 하나를 지었단다

어디서나 밝은 햇살을 들이기 위해
침실 한 곳만 제외하고는
사방을 유리창으로 만들었단다

하지만 인연 따라 살다 보니
어쩌다 한 번씩 청소나 하고
유리나 닦고 돌아올 뿐이었단다

그러던 어느 날 안타까운 모습을 보았단다

새들이 허공인 줄 알고 날아오다가
창에 부닥쳐 피 흘리며 죽어 있었단다
너무 깨끗하게 닦아놓은 유리 때문에…

죄스러운 마음에 해당화나무 밑에
불쌍하게 죽든 새들의 무덤을 만들어주었단다
그런데 이듬해 해당화는
너무나 고운 꽃을 피웠단다

바람에 흔들리는 해당화를 보면서
그는 환상을 보았단다
죽은 새들이 노래를 부르며 하늘을 날고
해당화 꽃들이 하늘로 오르는 모습을

소판 돈

내가 활동하는 카페에
'소판 돈'이라는 ID가 입회했다
시골에서 농사를 짓는다는
이 분에게서 소똥 냄새가 났다

어릴 적 할아버지
소 팔아 산비탈 땅을 샀단다
그 땅에 큰아버지 큰어머니
아버지 어머니, 작은아버지
작은어머니 뼈 빠지게
자갈 주워내고 도라지를 심었단다

모두들 소판 돈이
이가 갈린다고 대거리를 하며
고된 노동을 증오했단다
3년 나던 해 흰색 자주색
도라지꽃이 피고 낫자루만 한
도라지 뿌리 몇 가마 수확하던 날
모두들 막걸리 잔을 들어올렸단다

다음 날 할아버지는
도라지 판 돈으로
소 한 마리 더 사 오셨단다

그 소 이듬해
산비탈 도라지밭에서
할아버지를 증오하며
열심히 또 땅을 갈았단다

일기 예보에 대한 불신

분명 낮부터 비가 온다고 했는데…
지하철 탄 사람들은
우산을 가지고 오지 않았다

기상청 대변인이
떠드는 소리를 들었지만
다들 빈손으로 출근했다

맨 날 비 온다던 예보는
보기 좋게 틀렸다

초등학교 다니는 막내딸도
멋지게 빗나간 기상청의
비 소식을 조롱한 바 있다

뭐야, 비 온다고 해놓고
텔레비전은 거짓말쟁이야…

우산을 가져오지 않은

큰딸 역시
비 걱정을 도무지 하지 않는다

낮 12시 쨍하던 날씨가
흐려지며 이내 소나기가 내렸고
낭패감이 든 사람들은
낯빛 흐리며 하늘을 쳐다보았다

하지만 그들은 결코
비 금방 그치고 다시 맑을 것이라
확신하며 우산 가져오지 않은
행동에 털끝만큼도 후회하지 않는다

오직 구멍 뚫린 하늘만 쳐다보고 있다

파 랄라랄라 디디바우 와와

파 랄라랄라 디디바우 와와

아침 일찍 일어나 태초의
주문을 읊조려본다

어머니 뱃속 이전에 송誦했었나
활자에 근육이 붙으며
불끈불끈 솟는다

회사에 도착해 반복한다

파 랄라랄라 디디바우 와와

주변의 사람들 깜짝 놀라
이거 무슨 개뼈다귀 같은 말이야
눈치 주며 얼굴 찌푸린다

아랑곳 않고 한 번 더
마법 같은 주문을

외치듯이 쏟아내본다

파 랄라랄라 디디바우 와와

아라구 삼삼 아라구 삼삼
구리구리 구리구리 구리구리 삼삼

아라구 삼삼 아라구 삼삼

해질녘 아이들이 모여
조용히 노래를 한다

아라구 삼삼 아라구 삼삼

벌써 집으로 돌아가
저녁 먹을 시간인데도

노래 소리 커지며 떼창으로
부르는 알 수 없는 주문呪文

아라구 삼삼 아라구 삼삼

이제 정말 집으로 가야 할 시간
하루를 정리하듯
홍건한 땀 이마에서 쓸어내리며
대미를 장식하듯 부르는 진언眞言

아라구 삼삼 아라구 삼삼

구리구리 구리구리 구리구리 삼삼

봄타령

새벽마다 내리는
뽀얀 서리에
일찍 온 봄이 아프다

비 내리는 오늘
꽃은 피었다 지고
바람은 왔다가
휭하니 지나가는데

아직 내 마음의 봄
동네 어귀에 머물러
머뭇머뭇 맴돈다

해설

‘생명존엄’ 복밭(福田)에 피어난 시어(詩語)의 향연(饗宴)

백원기
동방문화대학원대학교 석좌교수, 문학평론가

평생 기자로 살아온 시인의 언어

회사 사표 내버릴까
에스컬레이터를 오르다
월급쟁이 설움
출근길부터 피로가 쌓인다

지하철 카드 대자
마스크를 써주세요
친절한 금자 씨 안내 소리도 지겹다

계단 오르며 하는 생각
회사 사표 내고 뭐 하지

그때 뒤에서 악 하고
울리는 외마디 비명

깜짝 놀라 뒤돌아보니
구걸하는 할머니
지팡이 짚고 계단 오르던
시각장애인에게 발등 밟혀 지른
외마디였다

다시 계단 오르며
회사 열심히 다녀야지
굳게 마음 고쳐먹었다
—「출근길 단상」 전문

여태동 시인은 천상 기자다. 1994년부터 불교신문 기자로 입사해 30여 년을 줄곧 취재 기자 생활을 했으니 시인이라는 호칭보다는 '기자'라는 호칭이 어울린다. 여 시인을 30년여를 지켜보며, 그의 박사 논문을 지도하며 느낀 소회는 '아주 맑은 영혼을 가진 건강한 불교 인재'였다. 그런 그가 시인으로 등단해 시집에 대한 서평을 부탁해 살펴본 시들에서도 생명존엄의 복밭(福田)에 불교적인 가르침이 스며든 시어(詩語)들의 향연(饗宴)을 보게 된다.

시 「출근길 단상」은 기자로, 평범한 월급쟁이로 살아가는 일상 속에서 장님에게 발등을 밟히는 할머니의 '척박한 삶'을 통해 자신의 삶을 다잡는 모습이 보인다. 이는 평범한 월급쟁이 시인의 모습을 통해 이 땅에 살아가는 모든 월급쟁이의 평범하지만, 고달픔을 참고 살아가는 일상을 거울처럼 비추고 있다.

시인의 사랑에 대한 생각은 상상의 나래를 단다. 급기야 자신의 박사 논문 인물인 '법정 스님'에게 눈길을 주며 이해인 수녀를 끌어들여 '아가페적 사랑'을 이야기한다. 세속적으로 보이지만 이를 초월한 성스러운 사랑을 두 명의 수행자(성직자)를 매개체로 쓴 시(詩)는 참신하고 신박한 발상이다.

이해인 수녀님이 법정 스님을 만난
기사를 쓰다가
자판을 잘못 눌러
'이해인 소녀'라고 썼다

『민들레의 영토』라는 시집을 냈을 때
『영혼의 모음』과 『무소유』로 알려진

법정 스님 글에 매료돼
수녀님이 책 한 권 보냈는데
답장을 해준 이야기였다

'이해인 소녀'라고
잘못 친 자판에 법정 스님을
'법정 소년'으로 쳐보았다

<어린왕자에게 보내는 편지>에
감명 받은 이해인 수녀가
소녀가 되어 소년이 된
법정 스님과 도솔천에서
현품대조하며 재회하는 망상을 해본다
—「법정 소년과 이해인 소녀」 전문

생명에 대한 애린(愛隣)의 마음 담아

여 시인의 시에는 생명에 대한 애정과 존엄의 정신을 담아낸 시가 근저에 흐른다. 그중의 한 편이 「귀뚜라미가 죽었다」이다. 이 시에는 코로나19에 걸려 있을 때 죽은 귀뚜라미를 통해 생명에 대한 애린(愛隣)의 마음이 담겨 있다.

찬바람이 창문을 연신 두드리더니
안방 베란다에서 왕성하게 울던
귀뚜라미가 죽었다

죽은 지 며칠 후 아내가
베란다에 재활용 쓰레기를 버리다가
어머 귀뚜라미가 죽었네
해서 알았다

…(중략)…

코로나로 격리돼 있었을 때
내 방 앞에서 시끄러울 만큼 울었지만
해거름이면 귀뚤귀뚤 하루가 갔다고
애달픈 내 마음처럼 울어주던
귀뚜라미가 죽으니
내 몸 안 코로나도 떠나고
여름 지나 다가오던 가을도 멈춘 듯
안방과 베란다 거실까지
적막강산이다
—「귀뚜라미가 죽었다」 부분

생명에 대한 애정과 연민의 마음은 「봄 도다리를 위한

진혼곡」에도 이어진다. 이 시에서 여 시인은 수족관에 담겨 있는 도다리의 애절한 마음을 담아내며 인간의 살생에 의한 업의 윤회를 암시하고 있다.

푸른 바다의 추억은 잊은 지 오래
사각의 물길은 링보다 무섭다
링에서야 마주보는 상대라도 있었지만
이곳은 오직 죽을 때를 기다리는 시간뿐
냉정冷情한 추위만 가득하다

덩치 큰 감성돔 눈망울 큰 우럭
외짝 눈 광어도 같이 살지만
더 이상 경쟁하지 않는다
화장장 화구에 줄 서는 게 의미 없는 것처럼

…(중략)…

윤회의 수레바퀴 굴려
다시 태어난다면 반드시
번득이는 주방장 회칼로 태어나
참혹함 단칼에 베어버리고
욕망 가득한 자들 무릎 꿇게 하리라
탕국 가르며 흩어지는 애통함

붉은 물결로 흐르기 전에…
—「봄 도다리를 위한 진혼곡」 부분

비단 물고기의 처연한 업의 윤회뿐 아니라 인간의 삶에서도 언뜻언뜻 보이는 고(苦)의 모습은 여 시인의 시 「숨비소리」에도 드러나 보인다. 제주바다의 평온한 모습에서도 "목숨 건 삶의 현장"이 되고 있는 해녀들의 물질 소리인 숨비소리를 통해 처절하게 아름다운 인간의 삶의 모습이 시를 통해 투영되고 있다.

은모래 반짝이는 북제주 세화해변
에메랄드빛 수놓은 바다
주황부표 안은 잠녀들 너울거린다

구경하는 이들은
아름다운 풍경이라 감탄하지만
물질하는 그들에게는
목숨 건 삶의 현장

바다는 늘 사납고 파도는 거칠다

…(중략)…

보통은 10미터 깊게는 15미터
한 번 들어가면
죽지 않을 만큼 날숨을 참아야 한다
숨조차 쉬지 못하는 고통
그들에게는 일상이다

참고 또 참으며 그물망에 꿈을 담아
물 밖으로 뛰쳐 오르며 내뱉는 날숨
저승의 돈을 벌어 이승의 자식들
먹여 살린다는 바람 같은 소리
죽을 뻔했다가 살았다는
안도의 휘파람 같은 소리

잠녀들은 호이 하멍 숨비소리를 하영
오무락하게 물드레 들어가곡 하지요
—「숨비소리」 부분

여 시인은 "치열한 삶의 현장에서 세상에 들리는/ 처절하고도 아름다운 소리"인 숨비소리를 "날카롭게 패인 현무암 틈새/ 곱게 핀 유채꽃 사이로" 들으면서 자연과 하나 되어 살아가는 인간의 군상을 노래하고 있다.

도시농부 삶 통해 자연에 침잠(沈潛)

여 시인의 독특한 삶의 모습은 '도시농부'로의 삶이다. 서울에서 기자로 직장생활을 하며 2000년을 전후해 '도시농부'의 삶을 살아가며 세상과 소통하고 있다. 단순한 농사가 아닌 자연과 소통하며 자연 친화적인 생태농법을 통해 온난화되고 있는 지구의 탄소제로 운동에 동참하고 있다.

게으른 농부가 겨우내
배고픈 새들에게 양식을
선물하는 선행을 베풀었다

부지런한 농부는
들판에 널브러진 들깨를 보며
혓바닥을 끌끌 찼지만
게으른 농부는
아랑곳하지 않고
그냥 들판을 훠이 훠이 돌며
팔짱만 끼고 돌아다녔다

그해 겨울 폭설이 내려 새들은

먹을 게 없어 들판을 헤매다가
겨우 겨우 게으른 농부의
밭에 내려와 기름진
들깨 낱알을 쪼아 먹고
기운을 차린 뒤
넓은 하늘을 향해 날갯짓을 하며
힘차게 날아올랐다
—「무엇을 위해 부지런해야 하는가」 부분

여 시인은 이 시를 통해 인간이 농사를 짓는 원초적인 물음을 던진다. '직업으로 농부'가 아닌 지구에 살고 있는 '인류의 일원'으로서의 농사가 공생하고 있는 동식물과 연관성을 따져보고 있다. 시인의 아름다운 삶의 일부분이 보이는 대목이다.

시인의 자연 친화적인 삶의 추구는 불쌍하게 죽어간 새를 통해서도 투영된다. 그의 시 「새들은 해당화꽃이 되어 날아갔다」는 지인이 자연 속에 들어가 살아가는 과정에서 사고를 당해 죽은 새를 통해 삶의 윤회하는 모습을 담아내고 있다. 슬프지만 그 슬픔을 넘어 생명이 유기물로 돌고돌아 꽃으로 환생하는 일련의 과정을 시로 표현하고 있다.

내가 아는 사람은
산에 사는 것은 정말 고마운 일이라 했다
산에서는 흐르는 물소리도 들을 수 있고
불빛 없는 어둠의 아름다움도 볼 수가 있었단다

…(중략)…

그러던 어느 날 안타까운 모습을 보았단다
새들이 허공인 줄 알고 날아오다가
창에 부닥쳐 피 흘리며 죽어 있었단다
너무 깨끗하게 닦아놓은 유리 때문에…

죄스러운 마음에 해당화나무 밑에
불쌍하게 죽든 새들의 무덤을 만들어주었단다
그런데 이듬해 해당화는
너무나 고운 꽃을 피웠단다

바람에 흔들리는 해당화를 보면서
그는 환상을 보았단다
죽은 새들이 노래를 부르며 하늘을 날고
해당화 꽃들이 하늘로 오르는 모습을
—「새들은 해당화 꽃이 되어 날아갔다」 부분

공(空)사상과 포스트모더니즘 경향

여 시인은 궁극에 불교의 공사상(空思想)에 천착한다. 이는 그가 구축한 불교학의 토대와 일치하는 부분으로 직업과 학문 영역이 시인의 시적 세계와 삼위일체가 되는 교집합의 영역이다. 시 「다비」는 불교가 인도에서 중국을 거치는 과정에서 선불교로 투영되고 이것이 한국불교에 정착되어 나타나는 결정을 보여준다. 이 시는 동시대에 살다 간 승려시인 오현 선사의 시와 시조를 닮아 있다. 여 시인은 이 점에 대해서 "정완영 시조시인과 오현스님의 시가 내 시의 자양분이 되고 있다"고 밝힌다.

마지막 가는 길
눈이 너무 따갑구나

피워 올린 연기
장광설長廣說이로고

야 이 놈들아!
잘 탔으면 됐다

다 타버린 잿속에서 뭘 자꾸 찾누

억!

—「다비」 전문

극도의 압축을 통해 시어로 표출된 시 「다비」는 '시인 여태동' '불자 여태동' '기자 여태동', '불교학자 여태동'의 모습이 응축돼 있는 자신의 모습을 표현하고 있다.

불교의 공사상과 더불어 여 시인은 포스트모더니즘적인 시 「파 랄라랄라 디디바우 와와」를 통해 미래에 대한 불확실성도 표현하고 있다. 이는 인간의 유한성에서 오는 불안한 마음을 담아내고 있는 시이기도 하다. 그러면서 그 불확실하고 불안한 삶의 나머지 여정을 세밀하게 성찰해보겠다는 의지도 이 시를 통해 담아내고 있다고 볼 수 있다.

파 랄라랄라 디디바우 와와

아침 일찍 일어나 태초의
주문을 읊조려본다

어머니 뱃속 이전에 송誦했었나
활자에 근육이 붙으며
불끈불끈 솟는다

회사에 도착해 반복한다

파 랄라랄라 디디바우 와와

주변의 사람들 깜짝 놀라
이거 무슨 개뼈다귀 같은 말이야
눈치 주며 얼굴 찌푸린다

아랑곳 않고 한 번 더
마법 같은 주문을
외치듯이 쏟아내본다

파 랄라랄라 디디바우 와와

아라구 삼삼 아라구 삼삼
구리구리 구리구리 구리구리 삼삼
—「파 랄라랄라 디디바우 와와」 전문

연어처럼 고향으로 회귀하려는 '촌놈'

여 시인은 궁극에 고향에 시선을 둔다. 연어가 대양을 돌아 자신이 태어난 곳으로 회귀하듯 삶의 종착역을 고향인 경북 영주시 문수면 막지고개에 두고 있다. 이는 자신의 시 「막지고개 인동초」를 통해 고백하고 있다.

고향 막지고개 넘어가는
질밤재 풀섶에
달밤재 돌틈에
매년 피었었니더

추운 겨울 이겨내고
잘도 꽃 피운다고
인동초라 했니더

금색 은색 초롱꽃 매단다고
금은화라고도 불렀니더

90살 넘은 우리 할매
이 꽃 따서 말려
영주장 내다 팔면
봄이 다 가고
여름 오는 줄 알았니더

돌아가신 무덤 옆에
이 꽃 피어나면
죽어서도 우리 할매
여상시리 꽃 따러
오시는 줄 알았니더

꽃나팔 하나 뽑아
입에 무니 나비처럼 하늘하늘
날아가는 우리 할매
누런 삼베적삼 보이니더

입 안에 꿀 냄새 향긋하고
눈 감으면 쌈지에서
인동초 꽃 말려 판
꼬깃한 돈 꺼내
손주 꽈자 사주려던
우리 할매 거친 손
지금도 눈에 서언하이더
—「막지고개 인동초」 전문

자신의 말대로 고향인 경북 영주로 돌아갈지 나로서는 알 수 없지만 감히 추론해보라 하면 실행할 것으로 본다.

여 시인은 평소에 "교수님, 고향에 가서 '적원(適園)'이라는 현판 걸어놓고 살려고 합니다."라고 말하곤 했다. 은사로서 그날이 오기를 기대하며 고향 원두막에서 수박 갈라놓고 막걸리 걸쭉하게 얻어 마실 날 기다려본다. 끝

달아실시선 72

우물에 빠진 은하수 별들

1판 1쇄 발행	2023년 10월 20일
1판 2쇄 발행	2023년 11월 11일
지은이	여태동
발행인	윤미소
발행처	(주)달아실출판사
책임편집	박제영
디자인	전부다
법률자문	김용진, 이종진
주소	강원도 춘천시 춘천로 257, 2층
전화	033-241-7661
팩스	033-241-7662
이메일	dalasilmoongo@naver.com
출판등록	2016년 12월 30일 제494호

ISBN 979-11-91668-91-9 03810